Xaver

Der Frosch auf der Suche nach seiner Prinzessin

Von Silvia Wobschall

Dies ist eine Kurzgeschichte, eher ein Märchen, aber nicht nur für die kleinen Leser!

3

@2021 Silvia Wobschall

Herstellung und Verlag: BoD-Books on Demand,

Norderstedt

ISBN: 978-3-7753-4268-46

Diesmal geht es in meiner kurzen Geschichte um einen kleinen, europäischen Laubfrosch, der mal was anderes sehen möchte als nur Teichrosen und Grashalme, und so hüpft er von einem Teich zum anderen und sucht Geselligkeit! Und seine Prinzessin, die er ganz bestimmt küssen möchte.

Laubfrösche stehen auf der roten Liste und sind stark gefährdet, sie genießen sogar den Schutzstatus - europaweit. 3 bis 5 cm lang werden sie und verfügen über ein hervorragendes Haft - und Klettervermögen. Als Sympathieträger in der Bevölkerung und im Naturschutz erfüllt der Laubfrosch wichtige Kriterien. Vordringlich dient er für den Gehalt der bestehenden Fortpflanzungsgewässer. Manchmal werden sie bis zu 10 und 20 Jahre alt.

Nicht jeder mag Frösche und grausamen Kindern und Tierquälern fallen sie oft zum Opfer.
Und ganz schrecklich sind die, die sie auch noch verspeisen, ih gitt!

Kapitel 1

Xaver und Amelie

So beginnt meine nur kurze, aber schöne Geschichte über unseren Xaver, der bisher an einem abgelegenen Teich im schönen westfälischen Münsterland lebt. Hier hat er alles zum Fressen, was er braucht, nämlich ganz viele Fliegen und Mücken, Spinnen, Ameisen und Schmetterlinge, und doch manchmal aber auch Schnecken. Bis auf eine ganz besagte Schnecke, Amelie, ja, das ist seine Freundin und nicht im Leben wird Xaver sie verspeisen. Sie respektieren sich und tauschen immer die neuesten Sumpfnachrichten aus. Lustig, nicht wahr!

Amelie kann als Wasserschnecke auch an Land leben, sie frisst so gerne Algen und natürlich auch vieles anderes Grün, nimmt also Xaver nichts weg. Eines Tages schwebte sie in großer Gefahr und ihr lieber Freund Frosch war sofort zur Stelle, befreite sie aus einer Plastiktüte. Seither sind sie richtige Kumpels und vertraute Seelenverwandte geworden. Zusammen haben sie viele Tage und Stunden verbracht, auch die anderen Wirbeltiere und Weichtiere beobachtet. Doch dann, wenn es Winter wird, kriecht Amelie in eine Erdspalte oder in einen Komposthaufen und kann sogar Frost vertragen und Xaver sucht sich einen Laubhaufen oder ein Mauseloch.

Und dann treffen sie sich immer wieder hier am Teich, Amelie braucht ja etwas länger. Aber es passt schon.

Kapitel 2

Xaver will fort

Jetzt sind 2 Jahre vergangen und Xaver und seine Schneckenfreundin haben einiges erlebt, aber nun juckt und zwickt es den Frosch und er will an einen anderen Teich. Er hat sich es in seinen klugen Kopf gesetzt, mal von einer Prinzessin geküsst zu werden und vielleicht dann als Prinz zu erscheinen. Amelie meint, es sei alles Humbug und Quatsch, so etwas gäbe es nur im Märchen und nicht in der freien Natur. „Wo willst Du denn die Prinzessin hernehmen"? Hüpfst mal eben nach Holland, da gibt es ja einige oder auch nach Spanien. Wer hat Dir nur diesen Floh ins Ohr gesetzt? Und was wird aus mir? Soll ich hier ganz alleine bleiben und mir dafür einen neuen Frosch suchen?

Die drehen doch einen Film im Münsterland über Prinzessin Diana, suchen Komparsen für sie. Der Film heißt „Spencer". Trotzdem: erwidert Amelie, wie kommst Du dahin, vielleicht schreibst Du Deinem Gott der Frösche und bittest ihn um Hilfe. Du hast dich da in was verrannt, Du Spinner! So, das saß:

Xaver   ist jetzt deprimiert und überlegt und denkt nach und quakt vor sich hin.

Sie gönnt mir auch gar nichts, ich möchte doch so gerne eine richti-

ge, hübsche Prinzessin küssen und das ist so schwierig. Aber es muss einen Weg geben. Eine Nacht drüber schlafen und verschieben wir es auf morgen oder so.
Beruhigt schläft nun unser Laubfrosch und träumt von seiner Wunschprinzessin. Im Traum sieht er sie in einem langen, rosa farbenen Kleid und mit einem wunderschönen Gesicht mit Schmollmund.

Kapitel 3

Der Kuss

Nun ist Xaver schon eine Weile am Hüpfen und Quaken und denkt wohl noch an seine liebste Freundin Amelie, aber wie nun mal Männer sind, abenteuerlustig und oft auf Abwegen. Aber er will ja wieder zu seiner Schnecke zurück, nur einmal erleben, von einer Prinzessin geküsst zu werden, ja das möchte er. Sieh da, ein wunderschöner Teich mit vielen Seerosen, Algen und anderen Teichblumen. Ein Paradies für die Goldfische und alles sieht so edel und teuer aus. Xaver schaut sich um, nach links und rechts und eine alte, weiße Villa blickt ihn an und lädt geradezu ein, Frösche zu begrüßen.
Soll ich's wagen? überlegt unser Laubfrosch. Mutig und zielstrebig

springt er durch den Garten. Ich darf nicht quaken, sonst entdeckt man mich und ich lande dann vielleicht da, wo ich nicht hin möchte. Xaver sieht jetzt zwei Kinder spielen, ein Mädchen mit einem wunderschönen, rosafarbenen Tüllkleid und einen Jungen, verkleidet in einer Ritteruniform und mit einem Plastikschwert. Sie hat sogar eine Krone auf und sie spielen ein aufregendes Spiel, er, der mutige Ritter, rettet seine zerbrechliche Prinzessin vor dem bösen Drachen. Xaver hat Mühe, alles zu verstehen und quakt nun doch ganz laut. Die beiden Kinder stoppen das Schauspiel und entdecken den grünen Laubfrosch. Oh, ein Frosch, in unserem Garten, wie schön, ruft die Kleine. Ach was, erwidert der Junge, den fang ich und steck ihn in ein Glas, dann habe ich eine Wetteruhr. Das tuest du nicht und sie bückt sich hinunter und nimmt Xaver vorsichtig in ihre kleine Hand und streichelt ihn sanft. „Hast Du dich verlaufen?" sind ihre Worte. Eher verhüpft, denkt der Frosch und bibbert vor Angst. Seine Gedanken: ist das jetzt meine Prinzessin mit dem rosa Kleid, Krone hat sie ja auf und wunderschön ist sie auch.

Xaver, etwas verlegen, schaut zu dem Mädchen, sie heißt Klara, hoch und seufzt: „Bitte, kannst du mich küssen?" dann geht mein großer Wunsch in Erfüllung, bitte, bitte."

Klara zögert nicht lange und sie liebt alle Tiere, auch die Frösche, und gibt ihm einen Schmatzer.

Oh, wie nass du bist, kleiner Frosch, nun wirst du aber wohl kein Prinz oder? Hoffentlich nicht, denkt sich Xaver und er ist überglücklich. Es ist kein Traum, es ist

Wirklichkeit.

Geküsst und selig hüpft Xaver nun wieder hinunter und quakt vor sich so hin: hey, ich bin ein geküsster Frosch, ätsch, Amelie, du hast es nicht geglaubt, hurra, ich bin geküsst von einer fast echten Prinzessin. Der Junge, sein Name ist Paul, er lacht ganz hässlich und meint: ich hätte dich ja lieber gefangen und in ein Marmeladenglas gesperrt, immer diese blöden Mädchen, vermasseln alles, leider!

Kapitel 4

Xaver auf Abwegen

Bei soviel Liebe und anderen Gedanken habe ich ganz vergessen, zu fressen, schnell noch Insekten und Würmer verspeisen, sonst falle ich vom Fleisch, wie man so schön sagt. Wo bin ich überhaupt? Und ich muss höllisch aufpassen, dass mich kein Reiher, Eule oder Storch erwischt, dann bin ich pfutsch und kann wohl oder übel meiner lieben Freundin Schnecke nicht meine Geschichte erzählen. Gestärkt und nun wieder voll im Einsatz, kommt Laubfrosch Xaver an einen anderen Teich. Schnell mal ein erfrischendes Bad und ausruhen, dann sehe ich weiter. Amelie ist bestimmt schon in großer Sorge um mich und das hier glaubt sie mir gewiss nicht.

Es ist schon fast dunkel und ich finde heute sicher nicht mehr heim, aber ich bin satt, glücklich und ich bleibe einfach hier an diesem tollen Teich, ist ja abgelegen und ich sehe keine Villa oder Schloss. Wir haben Spätsommer und erst zum Winter verkrieche ich mich unter dem Kompost und komme erst zum Frühjahr raus.

Kapitel 5

Die neue Begegnung

Am nächsten Morgen ist unser mutiger Laubfrosch ausgeruht und will nun ganz geschwind zu seiner Freundin, der Schnecke. Sie macht sich bestimmt ihre Gedanken und hat Angst um mich. Aber wenn ich mich nicht irre, habe ich mich total verhüpft, diese Ecke kenne ich gar nicht und dort dieses alte Bauernhaus ist mir neu. Siehe, da laufen Ziegen, Hühner, Gänse und ein Pferd, aber nicht meine Amelie.

Was heißt hier verhüpft, ich habe mich total versprungen, oh Jammer und Gequake. Vielleicht treffe ich einen Kumpel, eine Kröte oder ein anderes tierisches Wesen, welches mir helfen kann. Da ein Vierbeiner gestreift und nicht so groß, das muss eine Katze sein. Sie wird ja wohl keinen Appetit auf mich haben oder? Quak, quak, ich bin Xaver und Du? Erst einmal ein Fauchen, dann die so genannte Schwanzstellung nach oben und ein Blick, das sage ich dir! Sie hat wohl doch Hunger? Ich hüpfe doch mal eben hinter einen Strauch.
Mieze macht aber keine Anstalten und will auch nicht fressen, nein, sie ist neugierig und sucht mich jetzt. Miau, bleib da, sie meint, ich solle mit ihr gehen, na ja springen.
Sie schleicht voran und führt mich zu einem wunderschönen, großen Teich.

Nun sind sich beide sehr nahe und
Streuner, so heißt unser Tiger, findet Xaver einfach Klasse, zum
„Reinbeißen". Na, eher lieber
nicht, denkt sich der Frosch, aber
ich bin bestimmt ungenießbar.
Streuner will spielen, aber wie
fängt sie es an, Xaver ist keine
Maus oder Hase, die oder den ich
mal eben jagen kann. Sie schnurrt,
miaut, maunzt und möchte den stu-
ren Frosch dazu bewegen, mit ihr
zu rennen und zu spielen. Nun ja,
Laubfrosch zu sein, ist gar nicht so

einfach. Jetzt quakt Xaver und sehr laut sogar fragt er seinen neuen Gefährten, wo bin ich hier und kannst du mir helfen, dass ich wieder nach Hause finde? Ich sag dir ganz genau, wo´s langgeht. Miau, die Antwort, klettere auf meinen Rücken und dann ab die Post zu Deiner Amelie. So etwas hat Laubfrosch noch nie erlebt, einen Ausritt auf einer Samtpfote, warum auch nicht, mal was anderes. Schön kuschelig ist die Mieze und schnell ist sie auch noch.

„Quak quak" ist das toll! Bei allem Spaß hab ich sogar meine Würmer und Raupen und Mücken vergessen. Hab nicht wirklich Hunger, nee!

Xaver schwebt im siebten Himmel und plötzlich landet er im feuchten Gras. Wohl etwas unsanft, aber ist nichts passiert, alles noch dran.

Kapitel 6

Adieu Streuner!

So schön und erlebnisreich dieser Ausritt war, nun ist er wieder allein, denn Streuner will zu seinem Hof zurück. „Reisende soll man nie aufhalten", so quakt noch Xaver hinterher. Laubfrosch zu sein, ist doch gar nicht so einfach, aber ich werde jetzt noch 2 bis 3 Tümpel und Teiche durchschwimmen und dann vielleicht hab ich Bock, auf zuhause und Amelie. Die Arme, sie wartet bestimmt traurig immer noch an derselben Stelle, so faul wie sie ist.

Habt Ihr eigentlich gewusst, dass wir große Artisten sind, die Laubfrösche? Wir, ich bin ein Akrobat, denn manchmal kann ich an einer einzigen Zehe von einem Zweig herabhängen und das ist nicht erlogen. Dann schmiege ich mich ganz flach an einen senkrechten Baumstamm oder balanciere auf einem schwankenden Rohr am Ufer eines Sees. Das sind Kunstücke, die mir so leicht fallen, weil die Spitzen meiner Finger und Zehen zu Haftscheiben verbreitert sind mit einer erstaunlichen Saugkraft, toll nicht. Ich kann sogar an der Unterseite größerer Blätter kleben, obwohl die arschglatt sind. Daher heißen wir auch Laubfrosch. Da kommen auch meine Feinde nicht hin. So kann man gut überleben. Von unserer Sorte gibt es 500 Arten, in jedem Erdteil sind wir anwesend, natürlich nicht in der Antarktis. Aber selbst in Kanada können wir bis zu 6 Monaten die Kältestarre überdauern.

Xaver ist nun wieder im Tümpel und erfrischt sich ein wenig und schwupp, fängt er Fliegen, Mücken und noch andere Insekten. Ich bin schon ein ganz besonderes Exemplar, denkt er und nun hin und her gerissen, was er eigentlich will, zu meiner Schnecke oder noch ne Runde fremde Teiche und Seen? Höchstwahrscheinlich, oder ganz bestimmt finde ich so allein sowieso nicht heim und dann?? Holt mich ein Raubvogel als Abendmahlzeit!

Ich muss einen Gefährten finden,
der mich mag und mir helfen kann.
Vielleicht brauche ich noch einen
Kuss und zwar von einer richtigen
Prinzessin, das war ja nur ein klei-
nes Mädchen, welches mich wohl
mochte.
Wie heißt es doch so schön:
„Kommt Zeit, kommt Rat „!

Kapitel 7

Der zweite Kuss

Nun hat Xaver eine Idee, vielleicht doch erst eine Froschdame küssen, das wäre doch mal was. Bisher habe ich immer nur Amelie angestupst. Also suche ich sie jetzt im nächsten Gewässer. Und gar nicht weit entfernt gelangt er an einen ganz klitzekleinen Teich in einem zauberhaften Garten und die Geräusche haben ihn angelockt. Ist denn jetzt Paarungszeit? Nee, ist schon vorbei, war im Mai. Aber ich höre so viele meiner Artgenossen quaken, ein Krach ist das. Kann die Menschen schon verstehen, dass sie sauer sind, weil sie nachts nicht schlafen können bei solch einem Spektakel. Die meisten Zweibeiner haben dann Stöpsel in ihren Ohren. So, ich spring jetzt mal vorsichtig zum Wasser und schaue mir das Geschehen an und was sehen meine Froschaugen? eine Hochzeit, aber nicht die Prinzessin, sondern er und sie, Frau Frosch, oh, wie romantisch und wie schön, das will ich auch. Ich hüpfe noch näher und quake: Gratuliere, Ihr beiden, viel Glück und schon springe ich weiter, will ja nicht stören. Xaver, noch ganz gerührt von diesem Anblick, hat nun noch mehr Sehnsucht nach einem

Kuss mit einer Prinzessin, aber wo
finde ich sie, sagt es mir!
Da, wieder ein Tümpel, nein eher
ein See, da gibt es sicher Frosch-
mädchen, aber die will ich ja nicht.
Er sieht einige Mädchen mit blon-
den Haaren am See spielen. Eines
hat ein weißes Kleidchen an und
was sehen meine Xaveraugen? Eine Krone, eine richtige Krone! Nix
wie hin! Das eine Mädchen mit einem blaufarbenen Kleid zeigt mit
dem Finger auf Xaver und ruft
freudig: guck mal Xenia, ein Laubfrosch wie im Märchen, genau für
dich bestimmt, bitte nimm ihn auf
deine Hand und küß ihn, ganz
schnell, dann kannst du dir was
wünschen und es erfüllt sich. Ehe
unser Frosch verschnaufen kann,
ist er schon auf der Hand bei seiner
Prinzessin, jedenfalls bildet er sich
das ein. Xenia gibt Xaver einen di-
cken Kuss und wünscht sich einen

kleinen Hund, einen Rauhaarda-
ckel. Oh, was bist du nass, kleiner Frosch, woher kommst du und wo willst du hin? Laubfrosch ist noch ganz benebelt und gar nicht an-
sprechbar, so fasziniert ihn das Mädchen mit dem rosa Kleid. Für ihn ist sie seine Prinzessin.
Er verdreht seine Froschaugen und nun landet er auch wieder auf dem Boden und in der Wirklichkeit. Ich bin geküsst worden, ich bin geküsst worden, ein Traum ist nun Realität!

Kapitel 8

Zurück zu Amelie

Beide sind nun wieder mit den Füßen auf dem Boden und Xenia hofft auf ihren Hund, den sie sehnlichst zu Hause erwartet. Xaver fragt das Mädchen: Kannst Du mir meinen Weg nach Hause zeigen, wir sind doch noch im Münsterland oder? Ich beschreibe dir mei nen Teich und dann muss es klappen. Klar doch, du hast mir sicherlich Glück gebracht und nun eilen beide Mädchen mit dem Frosch Xaver im Gepäck zu Amelie, die erstaunt ist und sich natürlich für ihren Freund freut. Jetzt wird er endlich Ruhe geben, jetzt ist er 2 x geküsst worden, was will er mehr. Freude und Hüpfen und Amelie kriecht wie immer gelassen hinter-

her und auf seinen Kopf, ihr Lieb-
lingsplätzchen.

So kann es einem Laubfrosch gehen, wenn er fest an seine Wünsche und Träume festhält. Xaver ist mutig und hat sogar zweimal geküsst, wenn auch in seiner Phantasie es eine Prinzessin ist, wir lassen ihn in dem Glauben.

Lange noch bleiben er und seine Freundin Amelie zusammen und genießen jeden Sommer - und Herbsttag. Denn im Winter müssen beide wieder in ein Erdloch kriechen, um sich zu erwärmen.

Bisher von Silvia Wobschall erschienen:

Mein Leben mit den Samtpfoten Teil 1 und 2

Ein cleverer Kater namens Jack Teil 1 und 2

Abou findet seine Menschen

Spencer, die pfiffige Maus

Robin, der schmusige Felixkater

Copper

Nachtrag:

Wenn Ihr mal draußen einem Frosch begegnet, geht respektvoll und artgerecht mit ihm um. Beachtet bitte auch immer die Schilder: Krötenwanderung!

Danke

Bis zum nächsten Buch
Eure Silvia

Kröten-
wanderung